孤独
是沉默的金子

许晓雯　著

河南文艺出版社
·郑州·

人無法戰勝時間
也無法戰勝孤獨
孤獨是沉默的金子
只有讓沉默守在孤獨的身旁
才會聽見孤獨與沉默的合唱
那歌聲如時間般永恒
如火焰 如明月
庚子暮春曉雯

孤独是沉默的金子（作者手札）

我不能不為部分生活而哭泣不能不為走過的路上的一粒石子而感動不能不為口渴時給我遞水的老人而鞠躬那路上有孩子莫名地過來拉着我的手我心里的暗處就有了一束光

有人在十字路口朝我迷茫的方向指了指我就在冬日的深處看到春日了不是我要寫詩是那一粒石子就是詩不是我自己要歌唱是每一片新芽在春日的溫暖中自己發出了聲

曉雪

苦尽甘来（作者手札）

一把茶葉乾巴巴皺成一團
只要到了水里就一定會舒展
帶着天地陽光千年草木的氣息和馨香
茶葉呈現給我們的態度是融合實現改變
這是我們和自然之間的一種默契
人只有在歷練中才會成長
才能體會生命的盛大
像是茶湯剛喝下去是苦尔後回味是甘

庚子夏至 許曉雯書于東莞

诗与我（作者手札）

我的房間里堆滿了尸體每天都和這些尸體生活
睡覺吃飯寫作歌唱跳舞在書海的天堂里翱翔漫
游吶喊這世上從來就沒有救世主
我願意提着燈走在孤獨寂寞里踩着一具具尸體
翻越一座座峯巒站在時代的浪尖上
用生命譜寫纯淨的詩章

曉雯

在书海天堂翱翔（作者手札）

孤独与沉默的合唱（自序）

人无法战胜时间

也无法战胜孤独

孤独是沉默的金子

只有让沉默守在孤独的身旁

才会听见孤独与沉默的合唱

那歌声如时间般永恒

如火焰，如明月

疫情期间，当我写下这首《孤独是沉默的金子》时，我不以为它是一首多么好的诗，但它唤起了我内心汹涌的激荡，如一道光，在黑暗中闪烁着刺划而过。这是属于一个人的精神感悟，也就成为了这本集子的书名。

那时候，每一个人和每一个家庭，都把自己关在房子里，焦虑，恐惧，又满怀希望。忽然之间，人们意识到在小区最日常的散步，在菜市场最细碎的讨价和还价，哪怕是在公共汽车和地铁上，有人跑步去抢座位，之后又看到有年长的人站在自己面前，最后不得不沮丧地佯装大度和文明，把座位让给别的人……多么小而无趣的事，那一刻在沉寂中变得温暖、诱人而又富有无限的意义。甚至于那些庸俗的细碎，都昭示了生活本身的丰富。

那两个月，我把自己关在家里，独自看了一百多部电影，读了之前想看而没看的数十位作家的书。从奥登、布罗茨基、艾略特、狄金森，到加缪、马尔克斯、谷崎润一郎、远藤周作、夏目漱石……这些作家的书，有的是粗略地翻阅，有的恨不得把看到的每一句话都用笔画出来吞进肚里去。而当家里青菜的菜根和方便面的纸袋堆得和书籍同样高时，我忽然站在那堆书和方便面袋子的中间沉默着。

屋子里散乱不堪。

大街上是虚无的宽阔。

从阳台下驶过去的公交车，除了司机，整个车厢空无一人，即便如此，司机也还戴着雪白的口罩。几辆空空荡荡的汽车过去后，不仅没有给我带来动感和活力，它们叮叮当当孤寂的响声，反而让人更加感到罕见的空虚和悲凉。忽然间，我意识到了人的渺小，如一只蚁虫在浩瀚中独守着一片空旷和虚无。

就在这一瞬间，我懂得了那些经典电影如《十诫》《悲惨世界》《巴黎圣母院》《奥菲莉娅》……那些充满激情的小说如《安娜·卡列尼娜》《包法利夫人》《危险关系》和那些荒诞到令人费解的《变形记》《荒蛮故事》《黑店狂想曲》；还有那些因为费解反而更让人渴望理解的哲学与思想随笔——原来一切的写作、影像、艺术、绘画，从根本上说，都是在表达创作者被孤独地纠缠与对孤独的爱。

为了摆脱这孤独，我们渴望爱情和激情。为了重回这孤独，我们在情感中挣扎和争吵。为了把孤独从生活中赶走，我们对世俗的热情犹如寒冬对火的渴望。为了抓住这孤独，我们创造了艺术的美；为了某种永恒的存在，我们让孤独永远和时间在一起。

生活中，其实只有两种人，不是男人和女人，而是爱孤独和不爱孤独的人。换句话说，是想摆脱孤独和不想摆脱孤独的人。而在这两种人中，想要摆脱孤独的是绝大多数。而爱着孤独并愿意守着孤独的人，是绝少绝少的。所以真正的诗人是罕见的；真正的作家也是罕见的。真正的画家、艺术家、哲学家，及其伟大的科学家和理想主义者，他们都是绝少而罕见的。

因此，我们不得不赞誉那些为孤独唱过歌的人。

加西亚·马尔克斯在《百年孤独》里说："生命从来不曾离开过孤独而独立存在。无论是我们出生、我们成长、我们相爱还是我们成功失败，直到最后的最后，孤独犹如影子一样存在于生命的一隅。""孤独是健康人格养成的基础，君子慎独而思无邪。"许多人欣喜这句话，如黑夜欣喜黎明。既然无法摆脱孤独，那我们应该如何在孤独中自处？如何与孤独更好地相处？在孤独中淬炼与成就自我？胡适也曾在《介绍我自己的思想》中坦言：“世界上最强有力的人，正是那最孤立的人。”这也就是说，人若能在孤立、孤独中保持着自律与自省，他的内心就会更有力量、更强大，能让自己成为一个精神的卓越者。

现在，我们不能说疫情已经过去了，但确实可以说，喧嚣、热闹的生活重又开始了。散步、购物、吃饭、海阔天空地谈论和争辩，往日生活中被我们不经意遗忘、无视的一切，都又庄重、隆重地回到了我们的生活里。而那站在一堆书籍和一堆方便面袋中间的我，也再一次记起——而且是永远也不愿忘记的里尔克的诗：

谁此时没有房子，就不必建造

谁此时孤独，就永远孤独

不管世界如何变幻无常、艰难困苦，如里尔克诗句的启示那样，人始终是要守住一些更内心的东西吧。如此，倘若我们不能以孤独为信仰，那就让我们仍在生活中，让孤独成为沉默的金子。在后疫情时期的人生里，让人类的个体孤独，走向更加宽阔的极致。让那经过孤独淬炼的人，像一条深沉的河流，永远朝向大海的方向。

至 2020 年，我已经离开大学整十年，工作、生活、创作是我人生的三个立足点。办公室是我走出门的家，而摆放床铺、衣柜那地方，是我抽离社会独自存在的桃花园。而在这两处之间或之外的那个被称为“诗歌”的去处，是我最隐秘的去向和我灵魂隐私的存放处。我把所有我不愿告人和不敢告人的隐秘都摆放在那儿了。

我非常感谢东莞这一片沃土，是这片丰沃的土地让我这颗被鸟衔着的种子落下来。这粒种子本不是一粒饱满到不发芽就会胀破的种子，它多年的飘飞已经接近了枯。可是东莞的水、土和光，竟然让这粒种子发了芽，竟也在一片绿中有了绿，在一片红中也有了红。每每想到我也是东莞的女儿，心里就涌出那粒种子用它的干唇碰到水时那心里怦怦的跳动和感恩。

“何必为部分生活而哭泣，君不见，全部人生都催人泪下。”这是哲学家塞内加留下的名言。可是我不能不为部分生活而哭泣，不能不为我过去走过的路上的一粒石子而感动，不能不为路上我口渴时给我递水的老人而鞠躬。那路上有孩子莫名地过来拉着我的手，我心里的暗处就有了一束光；有人在我面前的十字路口朝我迷茫的方向指了指，我就在冬日的深处看到春日了。

不是我要写诗，是那一粒石子就是诗

不是我自己要歌唱，是每一片新芽

在春日的温暖中自己发出了声

这本诗集对别人只是一本书，可它在我——是生命，是甘苦，是寒冷中的暖意和黑暗中的光，是一粒种子对一片土地的回报，是一段心灵的细语和一段人生私隐的喃喃之声。它的出版既是我命运的一个生日，又是我未来的一个起点。所以，我在写下这些话作为这本书的自序时，我已经看见远处的门开了，那门前有着一条时隐时现的路。我知道我该出门了，我要从摆着我衣柜的地方离开去，途经许多机关的门扉，然后朝着摆放我灵魂隐私的地方重新去寻找，重新去塑造。

庚子年秋于东莞

目录

第一辑 思想者的凌晨

002 孤独是沉默的金子

第二辑 在命运的光影中沉浮

004

孤独是
沉默的金子

第三辑 爱情是一只不被驯服的鸟

009 孤独是沉默的金子

第四辑 父亲、时间与玫瑰

008

孤独是沉默的金子

第五辑 黑色是一束光

010 | 孤独是沉默的金子

第一辑

思想者的凌晨

诗于我

何必为部分生活而哭泣

君不见，全部人生都催人泪下

——塞内加

我不能不为部分生活而哭泣

不能不为走过的路上的一粒石子而感动

不能不为口渴时给我递水的老人而鞠躬

那路上有孩子莫名地过来拉着我的手

我心里的暗处就有了一束光

有人在十字路口朝我迷茫的方向指了指

我就在冬日的深处看到春日了

不是我要写诗，是那一粒石子就是诗

不是我自己要歌唱，是每一片新芽

在春日的温暖中自己发出了声

超越定数

一

凌晨四点，青年背包离开了村庄

鸡鸣、狗吠、植物、启明星

各种动物夹道欢送

这是他第一次离开这片土地

二

他在村口蹲下来，抓一把沙子放在手心

因为爱得深沉，也恨得深沉

这片枯竭的土地让他挣扎

他恨自己至今无法敲开村庄之门

三

繁星温柔祥和地注视着村庄

他想起浪漫的初恋

青青的草坡上，他们像白云无心地游荡

自由与爱情静静流淌

但命运从不理会意志，“为了自由，

我可以牺牲我的爱情”

四

暗蓝色的天空铺了一层天鹅绒

从缝隙中流泻出淡黄色的光

草尖上的露珠像魔法球

把他和村庄装入了旷野

关于“蓝”

一

也许，只是颜色，也许只是一片虚无

但不妨碍它的纯洁耀眼

它可以是任何东西，甚至是宇宙

是一切，又虚无缥缈

是克莱因的蓝，有着与爱情、自由

和生命的深邃永恒

“空无充满着力量”

二

也许，有人是蓝色世界的创造者

并在那个世界获得神的恩典和丰盛的慈爱

二元论、意识之谜、孤独之山……

远远望去，冷寂的“蓝”

人与人相爱都是多余的

内心自我和外在自我已达成了契约

直到蓝色世界消失

三

也许，这只是一个让光栖息的空间

光从四面八方来，我们如何面对

在这个无限自由的空间里

空气、水、自由都在瞬间凝固

如大海如宇宙，星球都停止转动

天花板上的那片蓝无限延伸

蓝是所有，蓝也是唯一

如思想者般陷入了沉思

真实与虚幻，人与宇宙

在雾中穿行，在雪中漫步

用飞鸟的姿势去追逐

如飞蛾扑火般去献祭

四

也许，这是无尽的白色冰川

那抹蓝是冰川上的钢琴，只有鸟儿弹奏

音乐是无限的，那是上帝的键盘

而每个人都是一颗孤独又神秘的星球

内心都住着一片孤独的海

没有来处没有归途

无数的可能性和无尽的趣味

充满想象又有着无法超越的极限

这不属于任何人，它只是一种颜色

五

也许，这是蓝调上的狂想曲

用音符穿起理想王国

以布鲁斯的忧郁和爵士乐的疯狂

催促世界苏醒

穿越、绵延、抵达都是寂静的

来自宇宙黑暗深处隐秘的蓝

俏皮、幽默、轻快、戏谑

如太阳在云层穿梭

云彩在天空上滑稽地舞动

充满活力与自由

每个音符承载着人类探索发现的雄心

又浸润着悲欢离合的过往

六

也许，是弗吉尼亚风铃草、蓝花福禄考、葡萄风信子、鹅河菊、约翰逊老鹳草、蓝玫瑰、鼠尾草、蓝扇花、六倍利……

它们身披钴蓝、深靛蓝、湖水蓝、薄荷蓝、月白蓝、深海蓝的各种外衣……

大胆明艳，安静诱惑

凡·高和莫奈笔下的鸢尾花是深海蓝的深邃

是维米尔《戴珍珠耳环的少女》那猜不透的眼神

七

也许，是一件瓷器

古老的中国白瓷遇到了两河流域的波斯蓝

碰撞出了举世闻名的青花瓷

此时的“蓝”是一架桥梁

是世界文明之间的沟通语言

八

也许，只是一条河

也许，是诗人卡尔·贝克臆想下的诗句

也许，是约翰·施特劳斯优美的圆舞曲

它们的命运都凝聚在蓝色多瑙河辉煌的史诗里

但蓝色多瑙河在三百六十五天里没有一天是蓝色的

谜

叙辞，命辞，占辞，验辞

天地间的奥秘被无形之物指引

在一块骨头上显露天机

那些文字不仅仅来自龟、兽

也有来自佛陀的骨头

万物都在虚与实之间转换着

一生二，二生三，三生万物

许多事物只是被巧妙隐藏起来

风沙星辰也从未透露过历史与未来的规律

像原始龟骨上的刻辞，等待着被发现

诗人的心房是座花园

孤独，一株不透明的意象
他的花园种满模糊之花
平静永恒，不需要空气和水
于二维的空间里
他用精神资粮喂养花与草
有时，也种出恶之花
但没有野兽侵袭
唯一的野兽，是他自己
花朵也成为不朽的艺术品
来自青色世界，无穷寂寞

孤独是沉默的金子

人无法战胜时间

也无法战胜孤独

孤独是沉默的金子

只有让沉默守在孤独的身旁

才会听见孤独与沉默的合唱

那歌声如时间般永恒

如火焰，如明月

思想者的凌晨

霓虹灯渐渐暗去

朦胧中听见回声在申辩

“啊，哪些是凌晨的星点？”

只有蝉和我在黎明前假寐

收拾起多余的殷勤

在即将消逝的黑暗中憋了半个世纪

房间像是一个边缘的岛屿

我在床上漂浮着

《马勒第二交响曲》分离出梦境与现实

我的头枕着书，时刻紧扣猎枪

有个声音说——

“思想是这世上最伟大的力量”

在新的一日，崭新的半岛被海浪拍醒

我把远方当作对坚守最深切的眺望

逃离

微风在叶缝里吹着薄薄的日子
风带来一封信，教我读懂生活
夜晚即将来临，星星亮得吓人
眼影太轻不能掩盖我的笨拙
像不知所措的松鼠从树间逃离

绿韵交响

一片竹叶融化成一个音符

开朗明润的绿韵沁透心灵

不卉不蔓，非草非木

坚韧的托付和默然的操守

让人在反观自照中窥视

犹如“道”屹立在内心的丘壑上

人心与烟雨因繁茂而浮躁

多少词语在竹叶间隐现更替不得而知

当我写下这首诗时

风声与竹叶正碰撞出激烈的交响

牧歌

我从未见过世界在田野中倒立

如同飞鸟从未停栖在云端

不同的蔚蓝构成了天空

风起云涌就是一首不可言说之诗

田野响起牧歌。这一切

还可以在诗歌中找到对应的词

人的孤独，随暮色徐徐展开

花开的声音，类似于语言繁衍

生活的低吟浅唱，尽是无止境的独白

大地如烟云，虚无缥缈，又销魂蚀骨

花知道答案

偶遇一树野花
身上布满各种神秘的果实
绿色、黄色、蓝色、橘色、黑色……
以果子的形式并不能说明她来自何方
天地浩渺缄默，命运也如烟雾般扑朔迷离

在某个回眸的瞬间
我惊喜地发现她精心编织的辫梢
有抹清纯的紫色在浊世中发亮
晃动着青春的喜悦与人生的清华致意命运

草木无言，但又如史诗般奇妙
树叶在天地间摇曳成一行行诗句
人类难以参透其中之幽微精深
在植物面前显得尴尬而笨拙

韦启美素描速写展

站在韦先生的作品前静静凝视着

心里默念他的画理

他不是一个惊天动地的画家

每一根线条都透着从容与明慧

整个展览凝聚着沉默的温情

连水里的游鱼也收敛住隐秘的欲望

重新界定世界的寂静与辽阔

向日葵叙事

金黄的房间，这一片麦田
排满了费氏数列的向日葵
靠数字和规律维持着生命

我欢乐，凡·高的花盘微笑
我抑郁，星空黯然低头
没有光，我们成为彼此的太阳

每一次俯身倾听，温暖地注视
重新焕醒我内心的光亮
它冷静而缄默，一如既往

生命里的季节

远走似乎是海浪的脚步

白色浪迹才懂得远方的方向

花朵依偎在阳光下

种子期待着春天的回声

等待的是季节的全部

我向海边靠近

夕阳递给我一缕阳光

生命的季节像一张明信片

让我填写着指纹的唱词

夜像一双漆黑的手

夜像一双漆黑的手

蒙住大地的双眼

岁月匆匆只剩风声

穿过黑暗张望别处的生活

倘若有赤裸的光在黑夜里发声

心中将燃起黎明的火焰

境界

乌云笼罩的天空如灰烬布满

孤寂根植在潮湿的气息中

浅红对深绿的稀疏叶子与花朵

温暖着消瘦的粒粒沙土

林间坚硬的松针

沉着对抗阳光刺眼的光芒

用一滴露珠浇灭躁动的欲望

覆盖低垂弯曲的灵魂

滑落山巅的落日如有神助

瞬息之间灌入了尘埃

远方的海

牧童在天上放羊

云外的海融入我所有的梦

山脊吐出的月牙

曾是我梦想的帆船

云外的海是什么样的呢

我用河流给它写信

滚动的水珠，一阵排空

我听到了它的名字

看到了属于我的帆船

空气中的钢琴

茉莉花滑落在你的嘴唇

你的指尖抚摸着月色在空中飘浮

仿佛微微弹动了空气中的钢琴

我未曾见过你的背影

那是最洁净的物体

风吹拂我的思念

你的睫毛弯向月亮的彼岸

影子翻不过岁月的山梁

村口的老槐树，守望着天空

他们双脚带着泥土的润香

残阳疲倦的影子依恋着土墙

农人翻越了泥土和季节

却没有翻过岁月那道山梁

核桃的思想

播种太阳的人
已经下山
背走了落日的绯红或金黄

伫立于长夜
我等待着另一轮太阳
以及被海浪撞碎的
万道霞光

遒劲的风吹拂我
宽厚的肩膀也无法抵挡
只剩下头颅
和一枚核桃的思想

第二辑

在命运的光影中沉浮

在命运的光影中沉浮

“你知道吗，我只要啃着硬面包在这幅画的前面坐上两个星期，那么即使少活十年也甘心。”

——凡·高

这是凡·高在观看伦勃朗的《犹太新娘》时发出的感慨
因为这位“文明的先知”
人们记住了他的祖国在地球上的某个角落
可谁曾想过这位伟大的艺术家
在三百多年前却如乞丐般葬身荒野，悄无声息
只有泥土为他绽放花朵

伦勃朗的好运从创作《夜巡》开始急转直下
这个订单像命运那双翻云覆雨的手
仿佛被施了魔法或赋予了使命
色彩构建出的光线和阴影充满了戏剧性

他举起手中的刀，让丑恶和黑暗现形

即使星儿陨落、鲜血遍地、家破人亡

苦难也从未摧毁倔强的灵魂

他是“夜光虫”，要用黑暗来绘就光明

珍珠的觉醒

从不闪耀炫目和争奇斗艳
散发的光芒却如月色般摄人心魂
像贝壳中诞生的维纳斯存留的永恒
或暗夜的波浪中身姿摇曳的美人鱼

哪一个拥有者在乎它的绚烂和美丽
生则生，死则死
小小的珠子背后
演绎着无数的爱情和权力

是千年鲛女悲泣时滴落的泪珠
更像女人本身
生于痛苦，但绝不甘于痛苦
即使柔若无骨，也要用微弱的光芒
照亮世界

鲸骑士

在某个美丽的海岸

过着简单纯朴的日子

延续着古老的传统

对大海虔诚敬畏，奉若神明

以执着的信仰捍卫使命

在沉梦中，在举起的手臂上，在呼叫声中

所有的海水汇聚了

仿佛听见深藏海底的祖先

说出了它的名字——

鲸骑士

人生的光芒短暂得如同一道闪电

阳光在树下堆积的热情

像少女的酥胸孕育着甘甜的蜜

嫩叶向天空发出召唤

我没能在这里找出一棵树的距离

露珠在摇篮中沉沉睡去

待你醒来采集一缕光亮还给大地

不要让时间禁锢在四季中

人生的光芒短暂得如同一道闪电

游戏

都由上帝制定规则

所处的时空不一，规则也不一

一只无形的手

尽管为善万千，该承受的苦难半点不少

也许思想能超越黑暗的边界

没有人敢拒绝命运女神的眷顾

只不过为了看起来更勇敢些

上帝从不祝福任何人，他操纵一切

致杰奎琳·杜普蕾

在不可能的事物面前

话语仍是枯涩……

可音乐永远新颖

用震颤不息的石头

在不可用的空间筑起神意的屋舍

——里尔克

你是用生命演奏音乐的人，也是音乐本身

倾尽所有，与宇宙合二为一，成为神话

现世人生从来不公平，也许你所有的非凡演绎

只是为了获得平凡的爱与关注

“天才是上帝加于人的最大诅咒”

人格的阴霾只不过是噱头

大提琴只能是你唯一的情感倾诉

那是充满黑暗和诱惑的深渊

如果你早知道音乐是成年后的赴死邀请，还会献祭吗？

也许会，也许不会……

你可能从没想过烟花在天幕昙花一现

绚烂至极后只是灰飞烟灭

此时，我在《殇》的凄美悲怆情绪里无法自拔

所有的人最后都会被尘埃掩盖

而你是孤独飞翔的天使

必须撕裂毁灭后才能重生，这是不朽的代价

如果上帝选择了我，我会义无反顾地献祭吗？

如果是你，你会吗？

道德和人性

“为了得到名望、利益，我要复仇。”人性说。

“你不能复仇，不能在仇恨中迷失自我，要保有良知。”道德说。

“每个人内心都藏着一头野兽。”人性说。

“要用智慧驯服你心中那头野兽。”道德说。

命运女神的馈赠并不牢靠

只要有水、空气、阳光

种子就能发芽、开花

无须在更美、更华丽的贵族庄园生长

在更著名、古老显赫的城市落地生根

命运女神的馈赠与施舍

对它们来说并不牢靠，一切终将消失逝去

在原野，在石头旁，在沙漠，在溪涧

放声歌唱，自由、尊严，才是真正的贵族精神

角斗士十四行

圆形竞技场崩溃时，就是罗马灭亡时。

——贝达

斗兽场是罗马的精神图腾

角斗士们的鲜血流淌在战场上

他们不只是奴隶

神圣的旗帜上写着：要自由活着，要光荣死去

全世界都在注视着

他们用热血用战斗用杀戮换取自由

就连古罗马的雕像都散发着生命的热忱

“罗马的伟大甚于希腊的光荣”

向这片沃土上的喧嚣灵魂深深地致敬

没有英雄的时代是可叹的

人们会对美好事物失去向往

呼唤角斗士精神以及黑格尔式的坚硬理智

勇敢直面惨淡的人生

英雄是一颗勇敢无畏的心

美杜莎十四行

她是古希腊神话中的戈耳工女妖之一
是百怪之父福耳库斯的女儿
英雄珀尔修斯用青铜盾牌砍下她的头颅并献给雅典娜

女人的美貌很多时候是一种灾难和恐惧
各种信号蛰伏在阴影与光明之间
嫉妒与诅咒让她变成了全身遍布坚硬鳞甲
头上环绕毒蛇的融合怪物
狂野欲望的波涛在她发间翻腾
只要与她目光对视，马上就会变成石头

超凡魔力演绎着故事和报应
其中有命运无法颠覆的力量
她的头颅被雕饰在祖母绿上成了永恒的图腾
男人和女人都爱她

爱她身上那种原始的神秘以及权力、性和欲的诱惑

即使是“毒药”，人们也甘愿饮鸩止渴

空灵的火山流淌出熔浆的诗

我尝试用声音触及生活的明亮

所有的指向，静默中隐去夜的黑暗

“人生不如波德莱尔的一行诗”

蝴蝶牵引着墨笔尖，契合着欲望的战栗

芭蕉在大雨停歇前抬起头

一片新绿召唤太阳，风辨认出光亮和勇气

火山口流淌出熔浆的诗

亲爱的生活在明亮中活着

阿尔及尔的女人

马蒂斯去世时，把他的贵妃遗赠给了我。

——毕加索致敬马蒂斯的一曲挽歌

五彩缤纷的积木在画面跳跃

站着，吸着水烟，躺着

组成各种形状不一的图案，千变万化

没有被男性、被权力、被文化和传统压迫榨取

女人们像蝴蝶自由、美丽、色彩斑斓

几何块面和透明体的碎片折射出耀眼的光芒

她们终于等到了太阳

天马座

地平线消失，黑色幕布笼罩苍穹

草丛没有尽头，没有方向

蒲公英兀自在晚风中起舞

牧牛少女把脸贴近牛群

星宿在低矮的天空下闪烁

月光从云层里突围

牛群变成天马座，向南边飞去

一个歌者从我窗前穿过

今夜，寂寞属于我和你

仿佛堂吉诃德式的单恋

我多想回到那个季节

星星坠落在你的背影

好像在昏暗中睡去

这个夜晚很静谧

一个歌者从我窗前穿过

你将离别握在我的手心

最后的爱被悄悄捏碎

赫拉克利特的地铁

那年夏天，我们在东莞搭乘地铁

乘客们演绎着自己的故事

但没有人知道剧本是什么

仿佛他们在电影里生活

恍惚间已到许多年

铁轨并未收集他们的回忆录

每一站承载每个人的命运

短暂得如一幕幕镜头或流水

穿过身体、灵魂和时间

目光交会时定格出永恒

此时，我们应该在乎点什么

地铁正在开往春天了

月亮厌倦了

月亮已厌倦从圆到缺的模式

今夜洒下李商隐的云母片

化身为精灵，如邓肯般为爱起舞

荷塘也奏起了贝多芬的奏鸣曲

月光穿过田田荷叶，伫立荷伞

踮起脚尖旋转出掌心舞

天地空灵辽阔，交换着气息

沧桑也因此轻盈，如庄周之蝶

立秋前夕的颂词

热浪依然滚滚

犹如惨白坚硬的花朵

硬撑出明媚的颜色

夏天仿佛被施了魔法审判末日

只有我懂秋

那失恋者的沉默和苦涩

不再漂泊

迁徙的候鸟，见证季节的变迁

未知主宰回家的路

在冬天，绿叶映衬出雪花的白

我看见阳光疲惫地转动

天色已黯然，你的翅膀不再漂泊

停栖在十二月的蓝星上

白色的梦想

大海，你的蓝
是飞鱼抵达不了的旅途
渔船敞开你的秘密
夕阳把头靠在你的臂弯
沙丘上的花瓣
被海风吹响
仿佛一首歌谣带来天籁

大海，你的蓝
是飞鸟飞跃不到的狂想
树下的网床
是渔人编织的摇篮
装着许多白色的梦想
海浪涌来时
也带来我的白日梦

放牛娃的春天

晨光从黎明的站台穿过

在老屋墙角下停落

许多年过去了

冬天把村庄修饰得比以往陈旧

夏天为她披上新的颜色

一位老者路过放牛娃的春天

暗恋的日子是外婆唱过的歌谣

第三辑 爱情是一只不被驯服的鸟

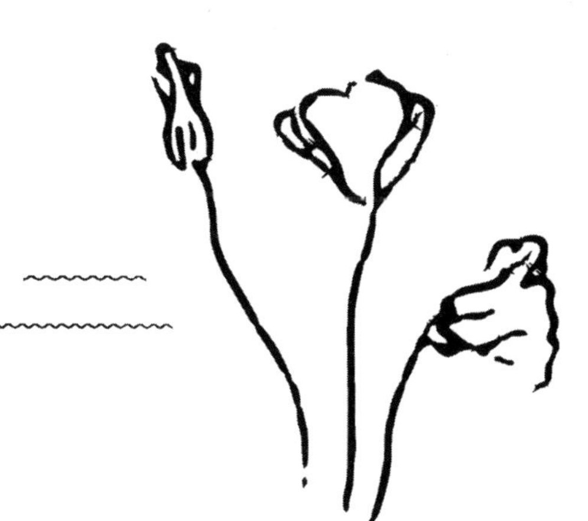

爱情是一只不被驯服的鸟

野气肆意，旋转的舞曲

栗色卷发女郎在风中撩动红色裙子

高唱“爱情就像一只不被驯服的鸟”

谁又告诉我，倔强任性的吉卜赛姑娘

不喜欢甜美多汁的树莓

碗

此时，不是摔不烂的不锈钢

不是穿着旗袍的女人

也不是艺术瑰宝

不必带着使命去承接历史

把每一粒米都装进日子里

把岁月的平凡朴素装进碗里

丘比特的圈套

柔和娇媚的玫瑰是爱神的使者

有人将凋零的花瓣装在透明容器里

痴恋于另一空间的浪漫

丘比特在角落偷笑

只有傻瓜才会在午夜细数凋零的心

思念是时间隔不断的记忆

我站在风里，风吹乱了发髻

全世界的植物都沾满你的气息

吻

阳光亲吻孩子的额头

瞬间变成了花朵

那些小爱神将被垂爱

垂爱那嬉戏中银子的声音

像星星的碎片散漫在静谧的夜空

夜和玫瑰攀谈着露珠的絮语

在白色的幼儿园里

我看见树枝挽着叶片的手

生怕季节盗走它们的绿衣

——轻点哦，不要吹散紫薇花的幽香

风屏住呼吸，鸟儿在窗前好奇地张望

孩子们踮起脚尖递给童年一颗糖

他们被阳光垂爱

也一无所知地爱着未知的事物

我天生就是一个中国人

我爱国吗？是的。

我天生就是一个中国人，

就像我生下来就是黄皮肤、黑头发、黑眼睛。

如果我生下来就会说话，那我只说一种语言。

玫瑰花园

夜气里弥漫着星辰的微光

玫瑰向夜色诉说凄凉

花瓣的衣襟沾湿了

我知道那并不是星星的眼泪

不然怎么会像一颗果仁

潜伏于灵魂深处探问爱情的门

童话小镇平静的岸边

尖石不懂河流的忧伤

只有临水的花儿

深谙那白银的水珠

渴望幸福能抵达玫瑰殿堂

低处的生活在狂风中嘶吼

谁能像困兽一样安静得一无所知

太阳的光线刺破黑夜的幕布

在云和泥土中散开

迷途的玫瑰找到秘密的花园

佛的悲愿

仿佛走了一个轮回

红尘中演绎着上一个故事的残本

爱情的甜蜜

让人用尽全身的力气

试图去改写曾经的伤害、疼痛、迷惘

是你我的悲愿，还是佛的悲愿

纵使所有巧合都是为了验证躲不过的劫

我还是相信一切是前生未尽的缘

祈祷

白鸽姗姗来迟
停在简陋的暗房上
没捎来一封信笺
静默如一尊蜡像

紫微星划破星辰的不安
思念系上解不开的咒语
你像一条老船停栖在彼岸
再也点燃不起一点安抚

无可预期的瞬间
婆娑的露珠从花瓣掉下
沾湿了风的翅膀
祈祷慢慢地回到初心

沉重的渴望

夜莺惆怅地歌唱
夕阳把细碎的银光洒向大海
所有的一切
包括我卑微的生活
顺着港口流入黑夜

年轻的星辰
让我拾起你的微光
缝补受伤的灵魂
多么沉重的渴望
我该如何承载你咆哮的涌动
直至寂静的目光
跳入夏夜的深渊

灰尘与爱

某日清晨，我经过一条小街

空气里飘散着紫藤花的芳香

六月的女人们忙于播种秋天的果实

孩子追逐的欢笑如哨音划破天空

你是否和我一样行走并被生活模仿着

傍晚我又重新经过那里

每天的时光竟如此相似

去年某个黄昏我们曾一起

穿过古老的集市和夏日的槐树林

暧昧的空气里同样飞扬着

卑微的灰尘和我们的爱

我愿意是博物馆

我愿意是博物馆，你倘若是馆里的艺术品

你倘若是游客，我愿意是只为你驻足等待的艺术品

倘若你是为我而来，心灵相犀就能找到我

亲爱的，你倘若是天空

那我愿意是片片白云

亲爱的，你倘若找到我

我们一起穿越到遥远的未来

水与梦

水和镜、水和花如幻如化

有时候又像极真实的预言

如铁皮屋顶上的猫

藏人的朝圣路

近和远的距离

碎片与长河的隐喻

皆为晃动的幻象

如火焰、水中月

生生灭灭，永不息止

实中有虚，有中有无，色中有空

夏之恋

五月的阳光

是恋人的邂逅

一场不可多得的恩典

热恋比阳光更璀璨

从容的候鸟找到彼岸

浪漫气息萦绕着双手

爱神在南边的星宿下

留下寄语，那炽热的爱

像仁慈的花儿在夜幕下盛开

——爱，甜了，夏天

半熟

是一种什么样的境况呢？

犹如一个 30 岁 + 的女人

走过了人生的第一个十年

收获了一小片花园并从中得到智慧

在通向圆满的途中

有迷茫也有对美好未来的憧憬

像一朵羞怯的蔷薇

鲜艳天真，豁达温婉

梦阳花

海上吹来的风

波动着叶瓣的刘海

柔软的清晨送来赞美

雨水湿润了沉默的玫瑰

布谷鸟在黑暗里啼鸣

流淌出的梦幻光明

旋绕着梦阳花填满朝夕

爱情是黑夜里的一匹黑马

繁星之夜少了月亮的媲美

泥沼和灰烬停息在思绪的心扉

穿行在梦呓里告别了黄昏

午夜流星结伴送来花朵

谛听着记忆的足音

我的伤痕再也无法触及你的沉默

哀伤缓缓流向泼墨的海

等待栖息的风

我沿着指缝看到黑色丛林
与大地在用母语交谈
请允许我在这密集中呐喊
向河流、田野、山岗

指缝里的云凝集着忧伤的泪
等待栖息的风，吹出坚果的汁液
大地的静谧被雷声轰鸣
暮色降临在寂静的山林

沿着指缝里的目光
在诗中取出一缕忧伤
我把思绪还给大地

作品13号

一滴水映出离开的蝴蝶的背影

道路忽略了城市喧嚣

火红的木棉花从风中飘落

落在阳光编织的火焰里

孤独与云朵的对话

唤来布谷鸟那甜蜜的歌声

魔咒

生活的魔咒如此精致，一切事物

都密谋打破它。

——艾米莉·狄金森

春蕾在心间绽放，因为珍惜和感动

生活闪射着瑰丽的光芒

来自觉悟、思想和心灵的新颖

花朵精致，河流咆哮

大海未必全部接纳

羊群该走向何方、牧人该去向何处没有定数

坚硬苍白的云朵，不能融合不会绽放

得到的已经得到，丧失的已经丧失

第四辑

父亲、时间与玫瑰

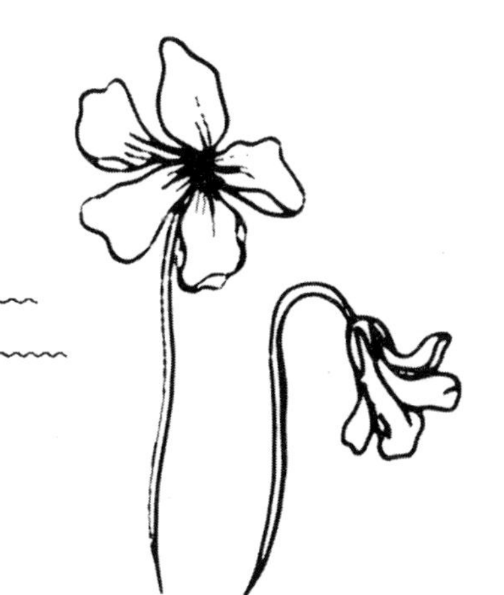

父亲、时间与玫瑰

夜的深处，密密的灯盏里

藏着父亲世世代代的秘密

借着幽微烛光，我们探讨着

生命、精神、诗歌的立身处世

父亲的回答如蔼理士的感受：

“我的一生有时候像是用流血的

双脚一步一步地走向耶稣受难的圣地，

我走过的每一步，都盛开了芬芳的玫瑰”

微光下父亲的身躯愈加伟岸

他用智慧丈量人生走向圣地

在时间深处明心见性

木鱼歌在古村回荡

木鱼歌停息在心池间
古宅沉默着
寻找它失去的语言
时间在树叶下窃窃私语
祠堂里飘荡着浓郁的香味

陌生的景物在向我发声
泄露出它古老的传奇
慵散的灰尘裹藏着它的姓名
宛如黑暗中与水墨相逢
从巷角到街道，从历史到现代
心间绽放出绿叶丝绸
从叶尖取出一滴纯净
映照出过去与未来

山中

一　萤火虫

散落在佛岭树林里

好像是星罗棋布的灯火

这是夜晚的盛会

树上的鸟儿、水里的鱼儿都睡了

只有萤火虫欢歌起舞

月光明媚而清澈

我们在这里迷失了方向

二　湖泊

水含烟

风静浪谧

山青树茂

共长天一色

也有呢喃的鸟语

但我喜欢它是寂静的

三 夕阳

山外的云

托举着夕阳

覆盖了心绪的荒凉

疲惫的人们

对生活

有了新的向往

四 石头

隐居山林的石头

有思想、有灵魂、有脑袋

没有腐朽和戾气

天地滋养了一颗柔软而坚硬的心

一天的好时光

阳光眯着眼睛

躺在海潮上

城市的喧嚣一如既往

我站在草丛中

听到小草长出来的声音

一只蜜蜂扇动翅膀，点亮了大地的绿衣

仿佛在等待繁星的约会

一天好时光就要到来

开往幸福的地铁

从旗峰山地铁口出来的人们

曾听过风奏响柴可夫斯基交响曲

“每个城市地铁时速不一样，站与站的间距也长短不一”

犹如人的语速、树的年轮

呼啸而过的风诉说着蝴蝶的秘密

风说蝴蝶想飞过沧海

跨过时光和隧道

黑夜一直沉默不语，犹如黑铁

进出站的人们作为词语，犹如花瓣

“万物有时序与速度，花朵也能四季常开不败”

同样，蝴蝶也可以飞过沧海

疾驰的列车如翅膀如诗歌语言承载着幸福与希望

美

这是个很难定义的命题

但它又无时无处不在——

清风，落叶，秋虫，光影

小事，琐事，闲事，杂事

美、丑千变万化，未始有极

佛陀拈花，迦叶一笑

也许在等那个心灵相印的人

安静得像一叶孤舟

一阵风从我身体里穿过

仿佛一次优雅的灌溉

黑夜比地铁来得还快

邂逅着人群的喧嚣

闭上眼，风把月色吹蓝了

潮水把岛屿逼近月半湾

城市留下搁浅的身影

安静得像一叶孤舟

春天里的山谷

平庸的身体醒来
去往山谷赶一场诗歌的节日
芦荟花摇曳
安顿着偌大的群山
没有人在意身外的喧嚣

光来，酒来，飞鸟也来
亲吻或抚摸
都是我爱的仪式
在春日
我一个人因为瞬间的幸福
而怀上唯美的感伤

荷的隐喻

万事万物都有因果

植物几乎都是先开花后结果

但也有例外，比如荷花

一边开花一边结着莲子

充满神秘和隐喻

湖里的荷花已开了无数个春秋

在时间的秩序里轮回

更多时候我被荷叶吸引

一滴水珠能在叶心吐露光华

万千纹理可演绎万法万端

望着一湖翠绿

“看取莲花净，方知不染心”

即使没有命运指引

那些生息不灭的荷

在我经过的途中也一再等候

苦尽甘来

一把皱成一团的茶叶

到了水里就舒展开

香气馥郁的茶汤

让人忘了茶的本性

天地，阳光，千年草木的气息和馨香

本是我们和自然之间的默契

除此，一无所有

夏日之书

风吹过墙角的雏菊

神的渡船在天籁的地方漂来福音

扬起了全城热恋

在世界没有张开眼睛之前

大海的翅膀已经开始拍动起浪潮

向我们慢慢靠近赏阅着夏日之书

坚硬如水

晚霞只是晚霞

河流只是河流

任何事物倒映水里

河流从不拒绝，从不隐藏自己的属性

永葆纯真本色

关于外界赋予的一切

它不需要一套华丽的说辞

莫忘初心

我出生在滨海城市

潮汐的歌吟旋涡在记忆里

怀梦的回声每天从屋顶上划过

在收回的余光中

浪沫的船驶向另一座岛屿

像月光映衬在未干的头发上

载满了忧伤敲击命运

黑夜即将降临，星星在跳舞

矮树下的灯芯草，依偎在羊牙叶间

似乎从另一道维度打开了窗

握紧我的手

从田野到城市，这喧嚣安逸之地

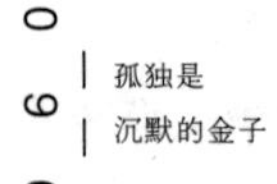

记忆跟呼吸开始失去节奏

时间支撑着花朵的艳丽

心披上冀望的绿叶，我不是一个多余的人

六度

花的世界如同人的世界

抵达彼岸，拈花微笑

佛教的“六度”

从一朵花中可以得到呈示

布施

花的清净、柔软、美丽

恭敬虔诚，给予人吉祥喜悦

持戒

每一朵花都恪守本分

遵从生长的秩序，适时开放与收束

忍辱

花开前种子默默在土地里孕育

花开后忍耐艰难困苦以及人为蜂蝶的侵扰

精进

花并不因花期长短而削减

最美一刻即为恒久

禅定

花静静绽放，优美、安定、祥和

不受任何干扰，正是禅定的境界

智慧

“如树无花实，颜貌转枯尽，

色力亦复然，如花转萎悴，我今亦复尔。”

花开花谢，变化无常，让人“心华开敷”

陌生的爱

如果那是一场旅途

我希望能走得更远

那场陌生的爱轻得像梦

我靠着夜晚的背

棉花糖般的云朵

缠绕着冬天的果子

候鸟停在海潮臂弯

哼着儿时的谣曲

细碎的声音

我想把多余的语言埋藏在土壤里

不让它们分蘖出忧伤

我可能会重新爱上旷野

就像一朵云追着另一朵云

在风的尽头，细碎的声音在对谈

阳光映衬出叶片的绿

和声留在低处，等待浪尖合成

安琪拉的梦

我将在这个白色情人节

写下安琪拉的梦

黎明的曙光中

听见天使在歌唱

那些匪夷所思的歌词

醉入了梦乡

犹如突如其来的爱

在未苏醒时

在书海天堂里翱翔

一本读过的书就是一具尸体。

——萨特

哦，我的房间里堆满了尸体

每天都和这些尸体生活

睡觉，吃饭，写作，歌唱，跳舞

在书海的天堂里翱翔、漫游、呐喊

这世上从来就没有救世主

我愿意提着灯，走在孤独寂寞里

踩着一具具尸体，翻越一座座峰峦

站在时代的浪尖上，用生命谱写纯净的诗章

十月的小路

十月，我路过那条小路

在南方，这是个未来得及修饰的季节

晨光像主的身影

提前给静谧的丛林

刷亮了金黄的黎明

留下搁浅的爱

染黄了这个十月

古村遐想

围墙，直巷子，阡陌相通
墙角的苔藓也一直坚守着记忆
仿佛使命

巷子里的裁衣机像时光老人
尝试裁剪出六百年前的故事
让现代文明的丝帛锦上添花

时光老人睡着了
红砂石、祠堂、老井……
在夜幕下静默如谜

第五辑

黑色是一束光

黑色是一束光

在一片瓷器上看见一个朝代

一叶菩提在茶水里

晃动的光影有无数种指向

文明与杀戮，邪恶与良善

它们是时空的见证物

是一首黑色的歌

此时，我们赞美静止

星星只有在黑色的幕布上闪亮

乔伊斯的墓志铭

此处安葬着乔伊斯；她与雅典娜，

与自由和理想一起度过了充实的一生，

她虽没做过什么惊天动地的事，但谢天谢地，

她可是一个有良知的人。

所有人的归宿

时间是把残酷的枷锁

也可以说是最公平的秤砣

上帝从不眷顾任何人

万物都在自己的秩序里轮回

最后都归于泥土

但也有不一样

人比动物比植物更有价值吗？

人不存在人的肉体

“不要在我的墓前哭泣，我不在那儿”

爱德华·蒙克在呐喊

火红的天空下

深蓝的峡湾通向棕色的路

远山如线条穿越着恐惧与痛苦

黄昏时分的情绪犹如困兽之斗

在这里，上帝已经远离

没有神的眼睛能看到这血红的黄昏

所有的树木都在奔命，远离伪君子的骚扰

惶惑的花朵扭曲着花瓣

魔鬼在咆哮

爱德华·蒙克在呐喊

乌鸦

黑色

一位葬礼上的遗孀

她撑着黑色的伞

雨在哭泣

阴暗的过去被乌鸦散布在天空

另一场风暴正在等待着她

当然，我爱你

当然，我爱你

但是，如果你爱我

嫁一个年轻男子吧

我不能忍受

和一个年轻的女子

在一起生活：我老了

德沃夏克的幽默曲

母亲希望我早日结婚生孩子

父亲让我成为一名勇士

而命运，总是开着不怀好意的玩笑

至今两样都没有实现

主题与变奏

我——

不惧怕人心

不惧怕人性

不惧怕社会现状

不惧怕舆论导向

不惧怕无情

不惧怕无义

不惧怕无常

但我——

怕人生海海

怕刻骨铭心

怕情深义重

怕地久天长

怕无可选择

怕人来人往

更怕——

来日方长

代名词

火——熄灭

云——蒸发

花——枯萎

鸟——飞走

这些都是

爱情的代名词

刈者之歌

麦地里吹来的风

波动着麦穗的刘海

柔软的清晨歌颂着赞美词

哦，不！这是刈者之歌

在这个收获的季节

土壤抓紧花的绽放

唱着歌，喝着丰收的酒

舞动起来，收获的喜悦

舞动起来，祝福美好的明天

云雀

云雀啊，我的云雀
温柔动听的歌声
欢乐可爱的精灵
把沉睡的春天叫醒了
这可不是多余的殷勤
人们爱听你歌唱
犹如早春新鲜的绿
情人的初吻和拥抱
编织着花环戴在春天的头上
青春年华多么美好
歌唱吧，欢乐可爱的精灵

一生

人的一生

应当这样度过：

起点是美术馆

终点是博物馆

中间的人生，是诗、书、画、印

陶瓷、油画、水彩、装置并行穿越其中

可色彩斑斓，可高古典雅

那器识

必须是清明、朴厚、珍重

蚂蚁杀死强壮的公牛

在历史舞台上一直演绎着荒诞的剧情

勇士是任何武力都无法杀死的

除非离开上帝

除非乌鸦在暴风雨中消失

上帝创造女人

女人比狮子强壮

女人比鸽子温柔

女人比孔雀骄傲

女人比蛇智慧

女人比蜂巢甜蜜

女人比蚂蚁无情

在人挤得像小麦一样的广场

跳跃的蟾蜍领着一头公牛

月神的号角吹响

一个盲人不能被星星指引

在神庙前迎接上帝的审判

海歌

关于大海，无须争论不休，
你要么征服过，要么没有

沙滩上所见的只是一片简单的辽阔
最美的风景在海中央、在海底

在礁石上，那些被光和风滋养
呈现的智慧与魅力并存

这也许不是最重要的。当你横跨大海
就能从一滴水洞见宇宙的浩瀚

平庸之辈只有狂妄的火热
万物都有自己无可超越的界限

致一朵凋零的蓝色茉莉

虚荣，有多长——

贪婪，有多长——

一个人的世界就会从摇篮变成坟墓

花无百日红

美酒，只香醇一会儿

狂欢如梦，美梦短暂

被大自然剥夺了荣耀和权利——

爱情、婚姻、孩子、幸福

漫长的平凡和无常才是人生的主旋律

荣誉和贫穷的距离仅一步之遥

接踵而来的是可怕的深渊

不要沉浸于春天花瓶的梦里

理想不要映照在卑鄙的情人眼里

心啊，别指望他人！

去俯身亲吻森林里的野花、大树吧

秩序与视野

有人用黑色油彩
在白色的墙壁呈现各种图案
色块、线条在墙的肌理上蔓延
直至思想、精神渗透进墙里缝合

作为一个观者
我小心翼翼考量这个空间的尺度
感受着秩序，触摸视野
竟是无尽的白，简单赤裸的黑

所有的线条，所有的色块
仿佛在这场预谋中失控
——好像又没有
所有的意识，所有的符号
仿佛没有答案，没有向导

——好像又有

每个色块冰冷、复杂

每条线坚韧、正直

我在这个场域里观照自己

如达摩面壁自省

纹样与花朵

事物的扩展、伸张

是靠气运行往来的

宇宙是无序的，大自然的纹样

也是千变万化的

花朵是图像，图像也是花朵

花朵不是图像，图像也不是花朵

没有绝对的是，也没有绝对的不是

没有绝对的完美，也没有绝对的丑恶

没有条理，也没有章法

讽喻

今晚我坐在剧院里

台上的琴箫合奏带来催眠

从平湖秋月、白蛇传到偃月青龙，最后的赛马

“四弦一声如裂帛”让人忘却夜的引力

翱翔出天际，没有白天和黑夜

天上的星宿接受我的友谊

所有被“诗意”激荡过的都无关“世界”与“真理”

在合奏的间歇

时空深处把我的渴望逼回

音乐的游戏，生命的自由

在发不出最强音的时代消失隐退

疑问

孤独和寂寞之间

相隔多少光年？

月亮上的嫦娥睡着时

是谁将她叫醒？

海豚在海面上飞跃起舞时

大海奏出的音乐是否像大提琴？

真的吗？番茄吃多了

会变成小红人？

野鸢尾花

自我生命中央喷出一柱泉涌，

郁郁的深蓝投影在碧蓝海蓝。

——露易丝·格丽克

夜空中飞行的天使

或者是躺在皮囊里的人都可以看到那朵花

那朵少年和姑娘都在污浊的“热”梦中憧憬的蓝花

蓝紫色的忧郁和灰褐色的悲伤

是飞扬，是失控

是憧憬，是梦

是走出人世边界的爱与恋人

是彻底疯狂后渴望的宁静

夜晚、风、女性与爱

月光下睡着的羔羊

让“灵”找到归路

“半是游戏，半是心存上帝”

少年在祈祷

一朵朵蓝色开出一朵朵火焰

她爱着孤独

路 也

读着诗人许晓雯为自己诗集所写的序和感言，心中一惊，我平日里最喜欢引用的几段话，正在被她引用，一句是塞内加所言“何必为部分生活而哭泣，君不见，全部人生都催人泪下”，还有一句是里尔克的诗：“谁此时没有房子，就不必建造 / 谁此时孤独，就永远孤独”，另外还有一句是胡适引用过的来自易卜生剧作中的话“世界上最强有力的人，正是那最孤立的人”。对这三段话语的喜爱，是我与这个素不相识的诗人的共同之处，也许正是我阅读这些诗作的基础，是一个诗人走向另外一个诗人之内心世界的一条隐秘通道吧。

孤独，是这个诗人个体生命的关键词，也是这本诗集的关键词。

孤独，是为了自由。自由与孤独同在。《超越定数》这首诗中，写了一个形单影只地离开故乡的青年，“凌晨四点，青年背包离开了村庄 / 鸡鸣、狗吠、植物、启明星 / 各种动物夹道欢送 / 这是他第一次离开这片土地”，这个离开自己熟悉土地的青年，面对茫然大千世界和命运的不确定性，当然是孤单的，但他更是自由的。甚至为了自由，他抛下了这片土地上的爱情，“自由与爱情静静流淌 / 但命运从不理会意志，‘为了自由，/ 我可以牺牲我的爱情’”，这大约是一个现实版本的“若为自由故”的故事吧。最末自然段的两句诗：“暗蓝色的天空铺了一层天鹅绒 / 从缝隙中流泻出淡黄色的光”，这天鹅绒，这光，或许都暗示着这个青年前路上的希望和光明，同时还包含着对他的祝福吧。末句视野开阔：“把他和村庄装入了旷野”，旷野当然意味着自由，同时也意味着危险，当然在走过荒蛮的旷野之后，接下来就有可能即将进入人生的迦南美地了。

孤独，也是为了走近真理。诗人已经直接这样宣称了：“只有沉默在‘孤独’身旁 / 才能看见金子般闪耀的真理”（《孤独是沉默的金子》），她还进一步宣称：“我愿意提着灯，走在孤独寂寞里”（《在书海天堂里翱翔》），这是一个酷爱阅读并且想通过阅读来认识真理，甚至接近永恒的人所发出来的清教徒般的宣言。没错，一个求索真理的人，一定是热爱孤独的人，孤独离真理最近。

梭罗在宣称自己热爱孤独之后，进一步这样写道：“一个在思想着在工作着的人总是单独的，让他爱在哪儿就在哪儿吧，寂寞不能以一个人离开他的同伴的里数来计算。真正勤学的学生，在剑桥学院最拥挤的蜂房内，寂寞得像沙漠上的一个托钵僧一样。”于是，在《思想者的凌晨》这首诗里，这个诗人，同时也是一个思想者，在黎明前的黑暗中醒来了，这是一个特别的时刻，听着交响曲，枕着书，想必昨天夜以继日地读书，现在醒来了，仍然带着昨夜的兴奋，“时刻紧扣猎枪”，“房间像是一个边缘的岛屿 / 我在床上漂浮着”，“在新的一日，崭新的半岛被海浪拍醒 / 我把远方当作对坚守最深切的眺望”，这里写出了不仅是一个诗人而且是一个思想者的警醒状态，而这种状态来自一个真理求索者那充实而沉甸甸的孤独，来自那圆满的孤独，孤独得仿佛自己的房间已经成了这世上的一座孤岛。没错，一个真正的独立的思想者，应该是一座孤岛，不会是群岛和半岛，更不会是大陆。

只有在孤独之中，才能看清人类和自己的命运。诗人在《赫拉克利特的地铁》中写道：“每一站承载每个人的命运 / 短暂得如一幕幕镜头或流水”。诗人在诗的标题里为什么要把她乘坐的这趟东莞地铁称之为赫拉克利特的地铁？诗人在诗的内文中一点解释也没有，但读者完全可以联想到，在这里诗人实际上是隐形地运用了古希腊哲学家赫拉克利特的那个著名的论断：“人不可能两次踏进同一条河流”，诗人是以此来暗示地铁也具有像河流一样的流动性，人的命运也具有这样的流动性，人生中的每一个站点也具有这样的永远一去不返的不可重复性，人不可能两次进入同一个命运的地铁站。人的命运像河流，像正在运行的地铁，一闪而过，如同没有剧本的电影，无法停留，无法修改，更无法重新来过。这样认识命运的残酷，可谓清醒。而清醒之后，诗人并未流露伤感，竟然宣告“此时，我们应该在乎点什么 / 地铁开往春天了”，看来诗人是打算勇敢地直面这不可更改的命运的，这“直面”的勇气本身就给了诗人激情。地铁既是命运的载体，也是这首诗的载体，诗人从日常生活中发现了哲学。

孤独，并不是孤单无助，反而是自足和丰盈。诗人享受孤独，所以，她说：“人的孤独，随暮色徐徐展开”（《牧歌》），可见，这样的孤独是辽远的，是铺展的，是舒缓的，是一望无际的，是望得见地平线的那种孤独，有“孤帆远影碧空尽，唯见长江天际流”之感。诗人在孤独之中，其实并不孤独。人群会形成一个屏障，将个体与大自然隔离开来。远离人群而独处的个体，才容易与大自然产生真正的交流，不仅亲近而且融合，所以，诗人写道：“天地，阳光，千年草木的气息和馨香 / 本是我们和自然之间的默契 / 除此，一无所有”（《苦尽甘来》），这里的“一无所有”，毫无疑问其实是另一种富足。诗人还这样写她的思念：“我站在风里，风吹乱了发髻 / 全世界的植物都沾满你的气息”，思念本是略带苦涩的，但孤独的相思者自己也可以是一个完整的世界，这个内部世界与外部世界或者相思对象之间，通过自然草木做媒介而产生出了无比美好的互动。

孤独，最终则是为了亲近神灵。只有在孤独之中，方可意识到自我的有限性或局限性，并且有心去领受那高过自己的意志的率领和高于自己的道路的指引，得以遥望终极或者仰望无限。“风吹过墙角的雏菊 / 神的渡船在天籁的地方漂来福音”（《夏日之书》），神存在于万事万物之中，当然也会在一阵风里，也会在一丛雏菊中，唯有独处者和静默者方能觉察到神投射在这个世上的影子。在这本诗集中，最引人注目的是《关于“蓝”》这首诗，这是一首将感性与理性、日常经验和形而上思辨结合得比较好的诗。蓝，在诗人那里不仅仅是一种颜色，还是音乐、爱情、自由、文明等事物的象征和隐喻，更是一种包含着一切可能性的元素，于是接下来就有了“神的恩典和丰盛的慈爱”，不由自主地或者说自然而然地就与创造了天地海和其中万物的那个至高者产生了关联：

也许，只是颜色，也许只是一片虚无

但不妨碍它的纯洁耀眼

它可以是任何东西，甚至是宇宙

是一切，又虚无缥缈

是克莱因的蓝，有着与爱情、自由

和生命的深邃永恒

“空无充满着力量”

……

也许，有人是蓝色世界的创造者

并在那个世界获得神的恩典和丰盛的慈爱

……

光从四面八方来，我们如何面对

在这个无限自由的空间里

空气、水、自由都在瞬间凝固

如大海如宇宙，星球都停止转动

天花板上的那片蓝无限延伸

蓝是所有，蓝也是唯一

……

无数的可能性和无尽的趣味

充满想象又有着无法超越的极限

这首诗在寻求着世界的本原，这既可以是一个哲学命题，也可以是一个宗教命题。在诗人那里，“蓝是所有，也是唯一”，是的，诗人想说的其实正是——蓝是无限。诗人或许在向读者暗示着那位自有永有之神的存在，“我是阿拉法，我是俄梅戛；我是首先的，我是末后的；我是初，我是终”。就这样，《关于蓝》这首诗，成为一首基于孤独的巨大能量而不断地从内向外扩张的诗，是一首典型的从经验走向超验的诗。

读许晓雯的这些诗，感到孤独在她那里俨然已经成了一份产业，而且这份产业的固定资产以及它所生产出来的价值和剩余价值，也都是非常丰盛的。在这里，或许应该说上一句“感谢孤独”这样虽然显得有些套路，但却实在是最接近真相的话。

在以后的写作中，如果她能将诗中通过阅读而得来的第二手经验适当地减少一些，同时把直接的个人经验写得更加感性一些，她的诗会更好。相信她能够做到，因为她年轻，因为她爱着孤独。

（路也，济南大学文学院教授。著有诗集、散文随笔集、小说集、文论集等二十余部。）

图书在版编目(CIP)数据

孤独是沉默的金子 / 许晓雯著. —郑州:河南文艺出版社,2021.1

ISBN 978-7-5559-1084-8

Ⅰ.①孤…　Ⅱ.①许…　Ⅲ.①诗集-中国-当代　Ⅳ.①I227

中国版本图书馆 CIP 数据核字(2020)第 239978 号

选题策划　陈　静
责任编辑　陈　静
书籍设计　刘婉君
责任校对　丁淑芳
责任印制　张　阳

出版发行　河南文艺出版社
本社地址　郑州市郑东新区祥盛街 27 号 C 座 5 楼
邮政编码　450018
承印单位　河南瑞之光印刷股份有限公司
经销单位　新华书店
开　　本　700 毫米×1000 毫米　1/16
印　　张　9.75
字　　数　85 000
版　　次　2021 年 1 月第 1 版
印　　次　2021 年 1 月第 1 次印刷
定　　价　49.00 元

图书如有印装错误,请寄回印厂调换。
印厂地址　河南省武陟县产业集聚区东区(詹店镇)泰安路
邮政编码　454950　　电话　0391-2527860